Fama va en Californie

Blaine Ray

Written by Blaine Ray
Layout design by Nataly Valencia Bula
Illustrations by Andrés Felipe Ramírez Cervantes

Published by:
TPRS Books
9830 S. 51st Street-B114
Phoenix, AZ 85044

Phone: (888) 373-1920
Fax: (888) 729-8777
www.tprsbooks.com | info@tprsbooks.com

ISBN-10: 0-929724-63-1
ISBN-13: 978-0-929724-63-8

TABLE DES MATIÈRES

< Chapitre un >

LA MAURITANIE

Fama est une fille. C'est une jeune Africaine. Elle habite en Mauritanie. Fama habite dans le village de Boghé. La Mauritanie est un état de l'Afrique. Cet état s'appelle maintenant la République Islamique de Mauritanie. La Mauritanie est située dans la partie occidentale du continent. À l'ouest, la Mauritanie fait face à l'Océan Atlantique. Le Sahara Occidental, le Maroc et l'Algérie sont au nord, le Sénégal est au sud et le Mali à l'est. La capitale s'appelle Nouakchott. Il y a plus de deux millions d'habitants en Mauritanie.

Boghé est un village de Mauritanie. C'est le village de Fama. Boghé est à trois heures de la capitale en minibus. À Boghé, il

< Chapitre un >

y a un fleuve très important qui s'appelle le Sénégal. C'est un fleuve très beau et très long. Le fleuve forme une frontière naturelle entre l'état du Sénégal et la Mauritanie. Fama aime se promener le long du fleuve. Elle aime la couleur bleue de l'eau.

Il y a des touristes qui vont au marché de Boghé. Ils font les courses. Ils achètent beaucoup d'articles touristiques. Ils vont aussi à Boghé pour regarder le fleuve qui est très grand.

Il y a beaucoup de villages le long du fleuve. Boghé est l'un de ces villages. Kaedi est un autre village. La plupart des Mauritaniens sont des Maures, descendants des Arabes et des Berbères. Ils habitent dans la vallée du fleuve qui s'appelle le Sénégal. Ils élèvent des moutons, des chèvres et des chameaux.

Les Mauritaniens n'ont pas beaucoup de biens matériels. Ils ont seulement assez d'argent pour acheter de la nourriture. La Mauritanie est un pays très pauvre. Beaucoup d'enfants à Boghé n'ont pas de chaussures. Les

< Fama va en Californie >

filles ont un chemisier ou deux. Les garçons ont un pantalon ou peut-être deux. Beaucoup de personnes fabriquent des objets et les vendent aux touristes. Beaucoup d'enfants n'ont pas la possibilité d'aller à l'école. Ces enfants ont besoin d'aider leur famille.

Les filles portent une jolie blouse. C'est une mellafa. Les mellafas sont multicolores. Les filles portent aussi un foulard. C'est un foulard très long qui est multicolore aussi. Beaucoup de jeunes filles ont deux jupes. Elles portent une des jupes et leur maman lave l'autre.

En Mauritanie, il y a beaucoup de tribus. Les hommes de chaque tribu portent des vêtements de la même couleur. Quand on se promène dans la rue, on peut savoir de quelle tribu ils sont en regardant leurs vêtements.

En Mauritanie, il y a deux saisons dans l'année. L'une est la saison sèche. L'autre saison, la saison des pluies, commence en juin. C'est la partie de l'année où il pleut un peu.

< Chapitre un >

Pendant la saison des pluies, il pleut rarement dans le nord du pays. Dans le Sud, il y a environ cinquante centimètres de pluie par an.

< Chapitre deux >

LA FAMILLE DE FAMA

Fama a une famille typique de Mauritanie. Son père s'appelle Ahmedou. Il travaille pour le gouvernement. Il travaille à Kaédi parce qu'il y a très peu de travail à Boghé. Il rentre chez lui en fin de semaine. Sa mère s'appelle Leyla. Fama a trois sœurs et un frère. Leyla ne travaille pas à l'extérieur. Beaucoup de mères en Mauritanie restent à la maison. Leyla a 38 ans. Elle a un an de moins que son mari. Ahmedou et Leyla ont une famille unie.

Fama a quinze ans. Son frère Oumar a seize ans. Il est plus âgé que Fama. Les trois sœurs sont plus jeunes. La plus âgée est Fatima. Fatima a douze ans. Ensuite vient Isatou. Isatou a neuf ans. La plus jeune de la famille est Solom. Elle a seulement six ans. La

famille de Fama est une famille indigène.

Les hommes portent des vêtements typiques de la Mauritanie. Quand Ahmedou va à son travail, il porte un boubou, une chemise et une cravate. Leyla porte un chemisier et un melhfa pendant la journée. Les enfants de la famille portent des vêtements semblables. Quand ils vont à l'école, ils portent des uniformes.

Fama a une maison typique. La maison a une grande pièce. Il y a un grand tapis sur le plancher. Il n'y a pas de chaises. On doit s'asseoir sur le plancher. La maison n'a pas de cuisine. Leyla prépare les repas pour la famille dans la cour, hors de la maison. En face de sa maison, il y a deux dattiers. Il y a beaucoup de dattiers à Boghé parce qu'il ne fait pas froid. Les dattiers poussent là où il ne fait pas froid. Derrière sa maison il y a d'autres arbres. L'un est un manguier. L'autre est un avocatier. La famille mange des repas typiques de la Mauritanie. Ils mangent beaucoup de tiéboudienne. Le tiéboudienne est un plat de poisson et de riz. Chaque matin Fama va au marché et achète du poisson pour la famille. La famille mange aussi des haricots. Les haricots sont délicieux. Fama aime beaucoup manger les haricots. Tous les jours Fama passe des heures à faire la cuisine avec sa maman. Fama aide beaucoup sa maman pour la préparation des repas. Elle l'aide à préparer le petit déjeuner, le déjeuner et le dîner. On ne mange pas beaucoup au petit déjeuner. On mange du pain et on boit du thé. Quelquefois, on met aussi de la confiture sur le pain. Fama aime prendre un verre de thé chaud. Elle met du sucre dans le thé chaud. Elle boit quelquefois du thé avec une feuille de menthe. Le déjeuner est un repas un peu plus important. On mange de la soupe. On mange aussi une salade avec des haricots et de l'huile d'arachide. Le repas du soir, c'est le dîner. Toute la famille s'assoit à table pour manger. On parle de la journée. On parle de beaucoup de choses intéressantes. Tout le monde participe à la conversation. C'est un moment important de la journée pour Fama. Elle aime parler des évènements de la journée.

Fama va à l'école. Ce n'est pas une école typique. En effet, c'est un lycée privé. Les élèves qui vont à l'école publique paient un peu d'argent pour les cours mais pas beaucoup. Les élèves qui vont dans une école privée paient beaucoup plus d'argent. Les parents de Fama pensent que l'éducation est très importante. Tout le monde ne va malheureusement pas à l'école car certains enfants n'ont pas assez d'argent pour y aller. Si une famille a assez d'argent, ils paient de l'argent pour les cours à l'école ou au lycée. Fama est contente parce qu'elle a la possibilité d'aller dans un lycée. Certains étudiants savent l'importance d'une éducation. Ils travaillent chaque jour pour gagner de l'argent. Avec l'argent qu'ils gagnent dans la journée, ils vont à l'école du soir. Fama vit une vie simple. Sa vie n'est pas compliquée. Elle vit dans un monde où les vêtements qu'on porte ne sont pas importants. Ce n'est pas important si les vêtements ne sont pas assortis. Les vêtements assortis ont des couleurs qui vont bien ensemble. Mais en Mauritanie, personne ne rit si les vêtements ne sont pas assortis. C'est normal.

UNE CHANCE INCROYABLE

< Chapitre trois >

Le collège où va Fama s'appelle le Lycée de l'Espoir. Le lycée de Fama est intéressant. C'est un immeuble blanc dans la rue principale de Boghé. Cette rue s'appelle la rue de l'Indépendence. Les cours commencent à sept heures et demie du matin. La plupart des élèves vont à l'école à pied. Quand ils arrivent, ils jouent au football. Le football est différent du football aux États-Unis. On ne peut pas utiliser la main quand on joue au football en Mauritanie. On utilise seulement le pied. Le football s'appelle soccer aux États-Unis.

Un jour, Fama va à son cours d'anglais. Elle entre dans la salle de classe. C'est un jour ordinaire. La professeur parle à la classe et elle dit aux élèves qu'il existe une possibilité d'aller aux États-Unis pendant un semestre scolaire. Elle leur explique les détails du programme.

1. On a besoin de savoir un peu d'anglais.

2. On a besoin de payer une partie du coût du programme.

< Fama va en Californie >

3. On a besoin de rester en Amérique pendant quatre mois.

Fama est ravie à l'idée de passer quatre mois aux États-Unis. Quand elle rentre à la maison, elle en parle avec sa mère. Leyla lui dit que c'est une bonne idée mais qu'elle ne sait pas si la famille a assez d'argent. Samedi arrive enfin. Le père rentre chez eux après une semaine passée dans la capitale pour son travail. Fama attend pendant deux heures et va enfin trouver son père. Elle lui dit :

« Je voudrais passer quatre mois aux États-Unis. Je voudrais assister à des cours dans un lycée aux États-Unis. Il y a un programme à mon école de Boghé et mon professeur dit que je peux y aller si ma famille paie une partie des frais du programme, mais ce n'est pas beaucoup d'argent. Il faut que la famille paie seulement quatre cents dollars pour tout le programme. Quatre cents dollars, c'est tout. C'est pour l'avion, les repas et une maison avec une famille américaine. »

< Chapitre trois >

Son père lui répond :

« Quatre cents dollars, ce n'est pas beaucoup pour une personne qui habite aux États Unis, mais c'est plus que mon salaire d'un mois. Pour moi, c'est beaucoup d'argent, Fama. »

Fama lui dit :

« Papa, c'est très important pour moi. Je vais parler anglais. Je vais avoir beaucoup d'occasions où je vais avoir besoin de comprendre l'anglais. Je vais pouvoir obtenir un bon emploi. C'est aussi une occasion de connaître d'autres personnes et d'autres cultures. Je voudrais pouvoir y aller !

— Bien, Fama, lui répond son père, ça va être un grand sacrifice pour notre famille, mais j'ai un peu d'argent à la banque. Tu peux aller aux États-Unis si tu veux. C'est une très bonne occasion. »

Fama court vers son papa et l'embrasse très fort.

< Chapitre quatre >

L'ARRIVÉE

C'est le vingt-trois août. La mère de Fama, Fama, son frère et ses soeurs montent dans un minibus. Ils vont dans la ville de Nouakchott. Nouakchott est une grande ville de 2 000 000 habitants. Le père de Fama est déjà dans la ville à cause de son travail. Ils ont besoin d'être à l'aéroport à six heures du soir. Le père va aller à l'aéroport à cinq heures et demie. La famille de Fama arrive à la ville. Ils descendent à la gare routière. Maintenant ils doivent prendre un taxi jusqu'à l'aéroport. Ils prennent un grand taxi parce qu'il y a six personnes qui vont à l'aéroport. Ils arrivent à six heures moins dix. Ils crient de joie quand ils voient leur père. Le père est très heureux aussi de voir toute sa famille.

Fama a déjà son billet d'avion. Elle

< Chapitre quatre >

voit beaucoup de monde à l'aéroport. Fama demande à son père :

« Est-ce que toutes ces personnes vont aux États-Unis ?

— Non. Quelques-unes, oui. Certaines vont dans d'autres pays d'Afrique et en Europe. D'autres vont simplement dans des villes du Sénégal. »

Fama embrasse toute sa famille. Elle pleure un peu parce qu'elle ne va pas voir sa famille pendant plusieurs mois. Elle crie :

< Fama va en Californie >

« Je vous aime tous beaucoup ! Au revoir ! »

Fama monte dans l'avion. Le pilote annonce que l'avion va à Paris. Normalement le vol en destination de Paris dure six heures, mais tout cela dépend des conditions atmosphériques. Le temps dans l'avion passe vite. L'avion arrive à Paris six heures plus tard. Fama descend de l'avion. Elle cherche la salle d'embarquement du vol pour Chicago. Elle monte encore une fois dans l'avion. Le voyage dure huit heures. Fama descend de l'avion et cherche le vol à destination de Los Angeles. Sa destination finale est Los Angeles. À Los Angeles, Fama descend de l'avion. Elle est très fatiguée. Elle regarde sa montre. Il y a huit heures de différence entre Los Angeles et la Mauritanie. Elle voit une grande pancarte sur laquelle est écrit le mot FAMA. La pancarte est dans les mains de deux jeunes filles.

< Chapitre cinq >

TOUT EST NOUVEAU

Fama regarde les deux filles. Elle leur dit bonjour. Les deux filles lui disent hello.

« Je suis Fama et je suis enchantée de faire votre connaissance. »

Fama leur donne des bises sur les deux joues. C'est la coutume en Mauritanie de donner des bises sur les joues.

« Je m'appelle Diane. Et voici Lisa. »

Fama est très contente que les deux filles parlent un peu français. Fama regarde tout autour d'elle à l'aéroport. Tout le monde parle anglais. Fama ne comprend pas beaucoup l'anglais.

« Je suis ta sœur américaine. J'ai quinze

< Fama va en Californie >

ans. Lisa est ma sœur. Maintenant elle est ta sœur aussi. »

Lisa a douze ans. Les parents de Lisa et de Diane serrent la main de Fama et ils lui disent bonjour. « Je suis le père de Lisa et de Diane. Je suis Ron. Je suis enchanté de faire ta connaissance, Fama. Bienvenue en Californie.

— Et moi, je suis la mère des filles. Je m'appelle Susan. Je suis contente de faire ta connaissance, Fama. Bienvenue en Californie.

— Merci. Je suis très contente d'être ici. C'est une expérience sensationnelle pour moi, dit Fama.

— Nous habitons dans la ville de Ventura. Elle se trouve à une heure de route de l'aéroport s'il n'y a pas beaucoup de circulation. Alors, allons-y ! »

Tout le monde monte dans la voiture. Ils parlent tous. Les filles et la mère parlent un peu français. Elles parlent donc en anglais et en français. Les filles expliquent qu'elles vont dans une école publique. Diane va au lycée de Ventura et Lisa va au collège d'Altacama. Diane est en neuvième et Lisa est en septième.

Ventura est une ville sur la côte. Elle n'est pas très loin de Los Angeles. Ils arrivent à la maison. La maison est très différente de la maison de Mauritanie. C'est une grande maison. Il y a beaucoup de pièces. Les deux filles ont leurs propres chambres. Les parents ont une grande chambre. Le père a aussi un bureau dans la maison. C'est une pièce utilisée seulement pour le travail du père. Il a son ordinateur dans le bureau. Dans la cuisine, il y a beaucoup d'appareils électroménagers modernes. Il y a un four à micro-ondes et un réfrigérateur où il y a de l'eau froide— beaucoup d'eau—qui sort de la porte. Ils ont un lave-vaisselle qui lave automatiquement la vaisselle. Fama pense que cet appareil utilise beaucoup d'eau. Tout est moderne et beau dans la cuisine. Dans le salon, il y a un joli sofa. Il y a une autre pièce où se trouvent un sofa et un poste de télévision. Ils peuvent regarder plus de cent chaînes à la télé. Il y a aussi des chaînes où on parle français.

Fama regarde tout avec curiosité. Tout est si différent de sa petite ville de Mauritnie. Elle adore sa nouvelle maison. Fama dit bonne nuit à toute sa famille. Elle a sa propre chambre. Elle s'assied et écrit une lettre à sa famille.

Chère famille,

Je suis bien arrivée en Californie. J'ai fait un bon voyage. La Californie est très différente de la Mauritanie. Je suis avec ma nouvelle famille. Je suis dans ma nouvelle maison dans la ville de Ventura. Ventura est située sur la côte. Elle se trouve à une heure au nord de Los Angeles. Ma famille est très gentille. Mon père s'appelle Ron et ma mère s'appelle Susan. J'ai deux sœurs. Elles ont presque le même âge que moi. La fille aînée s'appelle Diane. Elle a quinze ans. La plus jeune s'appelle Lisa. Lisa a douze ans. La maison est très jolie. Il y a beaucoup de pièces dans la maison. Le père a un bureau dans la maison. Lisa et

< Chapitre cinq >

Diane ont leur propre chambre. Moi aussi, j'ai ma propre chambre. Je préfère la Mauritanie, mais tout est très beau ici. C'est formidable. Demain je vais à l'école. Je vous aime beaucoup.

Fama

Il est très tard. Fama se couche, mais elle ne s'endort pas. Elle pense à sa nouvelle famille. Elle pense à sa nouvelle vie. Tout est si différent. En un seul jour, il y a beaucoup de changements dans sa vie.

< Chapitre six >

UNE EXPÉRIENCE TERRIBLE

Fama va à l'école. Tout est complètement différent de l'école en Mauritanie. Ici les élèves ne portent pas d'uniformes. En Mauritanie, tous les élèves portent des uniformes. L'école est plus grande et beaucoup plus moderne que son école à Boghé. Fama parle de ses cours avec le conseiller. Elle va avoir des cours d'anglais, de français, d'éducation physique, d'histoire et de maths. Elle s'intéresse à l'anglais, au français et à l'éducation physique, mais elle a peur de l'histoire et des maths parce qu'elle ne parle pas bien l'anglais. Cela n'a pas d'importance parce qu'elle est ici pour apprendre l'anglais. Fama est très contente parce que le cours d'anglais est un cours spécial pour les élèves qui ne savent pas très bien parler d'anglais. Elle pense qu'elle devrait avoir cette classe toute la journée. Elle va à sa première classe. C'est le cours d'anglais. Les élèves sont sympathiques. Il y a un garçon de Mauritanie. Il s'appelle Sidi. Il vient de Sélibaby. Fama est très contente parce qu'il y a un garçon de son pays dans sa classe. Elle parle avec lui. Sidi lui explique que ce n'est pas facile ici en Californie.

Il lui dit que les Mauritaniens sont très gentils, mais que quelques Américains n'acceptent pas les Mauritaniens, surtout les noirs et les musulmans. Sidi et Fama sont et noirs et musulmans.

< Fama va en Californie >

Fama lui demande pourquoi ils n'acceptent pas les noirs. Elle ne comprend pas. Fama va au cours d'histoire. C'est une classe d'Américains. Il n'y a pas de Mauritaniens dans la classe sauf Sidi. Les Américains ne disent pas bonjour. Ils parlent avec leurs amis, mais ils ne parlent pas avec Fama. Il y a une fille dans la classe qui porte une robe spéciale. C'est une robe courte aux couleurs de l'école. Fama écoute et maintenant elle connaît le nom de la fille. Elle s'appelle Debbie Martin. Fama demande à Sidi pourquoi Debbie Martin porte une robe spéciale.

« Aux États-Unis, il y a beaucoup de compétitions sportives entre les écoles. Toutes les écoles ont des équipes de basketball, de baseball, de football et de tennis. Il y a des matchs contre les autres écoles de la région. Beaucoup d'élèves y vont et crient fort pour encourager leur équipe. Les filles qui portent ces robes spéciales sont des cheerleaders. Elles crient, chantent et dansent pendant les matchs pour encourager les joueurs. Debbie est une

< Chapitre six >

cheerleader, elle va à tous les matchs du lycée. »

Après la classe Fama regarde Debbie et lui dit bonjour. Debbie lui dit en anglais :

« Hi! Why are you here? There are too many African-Americans here already. We don't need another African-American here, especially one who is Muslim ! »

Fama crie :

« Je ne suis pas afro-américaine ! Je ne suis pas des États-Unis ! Je suis de la Mauritanie ! »

Fama veut pleurer. Elle veut retourner en Mauritanie. « Pourquoi est-ce que Debbie est si mauvaise envers moi ? Je ne la comprends pas. »

Après l'école, Fama rentre à la maison. Elle parle avec Diane et Lisa. Elle leur parle de son expérience avec Debbie. Elle leur dit

< Fama va en Californie >

qu'elle ne comprend pas pourquoi Debbie est si méchante envers elle. Diane lui dit:

« Debbie est très populaire, mais elle est populaire seulement dans son groupe d'amies. Quand elle est avec son groupe, elle est gentille. Elle leur parle d'une manière très polie. Mais quand elle est avec les autres, elle ne leur parle pas d'une manière polie. Et surtout, elle n'est pas très gentille avec les personnes afro-américaines.

— Je ne comprends pas. Je suis un être humain. Je viens d'un autre pays, mais ça n'est pas important, leur répond Fama.

— Fama, ce n'est rien. Il y a d'autres jeunes qui sont gentils, eux. Parle avec les élèves qui sont gentils. Debbie Martin n'est pas importante. »

Fama est contente parce qu'elle est avec Lisa et Diane. Elles la comprennent très bien. Elles comprennent que c'est une situation très difficile pour elle. C'est difficile d'être dans un nouveau pays avec une nouvelle famille.

< Chapitre six >

C'est difficile d'être en Amérique quand on ne comprend pas beaucoup d'anglais, mais ça va parce qu'elle se trouve dans une bonne famille américaine.

Fama va dans sa chambre et écrit une autre lettre à sa famille.

Chère famille,

Aujourd'hui, j'ai rencontré une fille à l'école. Elle s'appelle Debbie Martin. Debbie Martin est une fille très populaire. Elle est cheerleader. Elle va aux matchs de football américain. Elle chante et danse pour encourager les joueurs. J'ai eu une mauvaise expérience avec elle. Elle n'est pas gentille à mon avis. Je ne comprends pas pourquoi elle est si méchante envers moi.

Ma famille est très gentille. Lisa et Diane sont de très bonnes soeurs et de très bonnes amies. Je leur parle de mes problèmes.

< Fama va en Californie >

Elles me comprennent. Je suis contente parce que je suis avec une famille très gentille. Je vais beaucoup étudier. Je vais étudier mon anglais et mes autres matières. Je veux apprendre beaucoup de choses. J'ai seulement quatre mois ici. Je n'ai pas beaucoup de temps. Je dois beaucoup apprendre. Je vais apprendre beaucoup de choses. Je vous aime beaucoup.

Gros bisous,

Fama

< Chapitre sept >

PROBLÈMES CULTURELS

C'est vendredi. Aujourd'hui il y a un match de football. À l'école tout le monde va au gymnase et tous les élèves crient. Ils crient et ils chantent. Debbie Martin est debout devant tout le monde. Elle chante et crie dans sa petite robe courte aux couleurs de l'école.

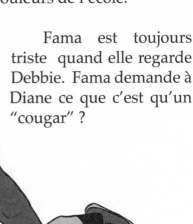

Fama est toujours triste quand elle regarde Debbie. Fama demande à Diane ce que c'est qu'un "cougar" ?

< Fama va en Californie >

Diane lui explique qu'un cougar est un gros chat, comme un léopard. « L'école s'appelle les Ventura High Cougars. Le cougar est la mascotte de notre école. En Amérique, toutes les écoles ont une mascotte qui représente leur école. »

Au gymnase Fama s'intéresse à tout. Elle regarde comment tout le monde chante et crie. Elle adore les émotions des élèves. Elle adore l'école. C'est si différent de la Mauritanie.

Le soir, Diane, Lisa et Fama vont au match de football. Ventura joue contre Oxnard. Tous les élèves vont au match. C'est un évènement très important à l'école. Fama pense qu'elle va assister à un match de football comme en Mauritanie. Elle est très surprise quand elle arrive au stade. Le match de football ne ressemble pas du tout aux matchs de Mauritanie. C'est un match très violent. Tous les joueurs courent. Un des joueurs a un ballon ovale. Il lance le ballon à

< Chapitre sept >

un autre joueur et l'autre joueur court. Puis beaucoup de joueurs courent vers la personne avec le ballon. Fama ne comprend pas très bien le match, mais elle est contente. Ventura gagne le match vingt-et-un à vingt. Tous les élèves sont contents parce que Ventura a gagné.

Après le match Diane, Lisa et Fama vont au restaurant pour manger. C'est un restaurant fast-food où beaucoup d'élèves vont après le match. Diane, Lisa et Fama mangent des hamburgers. C'est une soirée très intéressante pour Fama. En Californie tout est très différent de la Mauritanie.

Pendant qu'elles mangent, Debbie entre dans le restaurant. Elle entre avec son groupe d'amis. Il y a vingt élèves dans le groupe. Debbie voit Fama et elle crie à ses amis :

« Il y a une Afro-Américaine dans le restaurant, je ne veux pas manger dans ce restaurant ! Allons manger dans un autre restaurant ! »

< Fama va en Californie >

D'autres jeunes du groupe crient : « Je n'aime pas les Afro-Américains ! Allons-nous-en ! »

Tous les amis de Debbie partent tout de suite. Fama regarde Diane et Lisa. Elle commence à pleurer. Diane et Lisa lui disent :

« Fama, ce n'est rien. Ne pleure pas. Debbie est méchante. Il y a beaucoup de personnes gentilles en Californie. Il y a des personnes méchantes partout. Allons-nous-en ! »

Les filles vont à la plage. Il est très tard dans la soirée, mais c'est une bonne soirée. C'est une bonne soirée à part l'incident avec Debbie. Fama est triste quand elle pense à Debbie.

Diane, Lisa et Fama parlent. Fama leur parle de la Mauritanie. Elle leur dit que c'est un pays pauvre. Elle leur parle des maisons. Elle leur dit qu'il y a beaucoup d'enfants en Mauritanie qui ne vont pas à l'école parce

< Chapitre sept >

qu'ils doivent travailler. Ils doivent travailler pour avoir de l'argent pour la famille. Ils doivent donner l'argent à la famille. La famille a besoin de l'argent pour manger. Ici les familles ont beaucoup de biens matériels, mais ils ne les apprécient pas. Les gens ne savent pas qu'ils ont beaucoup de biens matériels.

« Je préfère mon pays où les gens n'ont pas beaucoup de choses. »

Diane lui dit : « Nous avons beaucoup de problèmes aux États-Unis. Il y a beaucoup de criminels. Il y a des voleurs qui volent les voitures et l'argent. »

Il est très tard. Il est minuit. Les trois filles rentrent à la maison. Fama va dans sa chambre et écrit une autre lettre à sa famille.

Chère famille,

Journée intéressante aujourd'hui. L'après-midi, tous les élèves sont allés au gymnase et ils ont crié et chanté. Ils ont crié des slogans pour leur

< Fama va en Californie >

école. Ils ont crié à cause d'un match important. Le soir, il y a eu un match de football américain entre deux écoles.

Nous avons gagné. Le soir, nous sommes allés au restaurant pour manger. Nous avons mangé des hamburgers. Debbie Martin est entrée et a crié : « Il y a une Afro-Américaine ici. Je ne vais pas manger ici ! » Les amis de Debbie sont méchants aussi. Debbie Martin est très méchante. Je ne comprends pas pourquoi elle est si méchante. Je suis très triste parce que Debbie m'a dit des choses méchantes. Merci pour tout. Je vous aime.

Fama

< Chapitre huit >

UNE JOURNÉE À L'ÉCOLE

Le lendemain matin, Fama va à l'école avec Lisa et Diane. C'est un jour normal. Elle va à son premier cours. Debbie Martin est dans la classe, mais aujourd'hui elle ne dit rien à Fama. Fama est contente que Debbie ne lui parle pas parce qu'elle ne lui parle jamais poliment. La classe d'histoire est une classe typique. Ils parlent de l'histoire des États-Unis. Le professeur parle de George Washington. Il dit qu'il est le père des États-Unis. Il parle aussi de Thomas Jefferson. Thomas Jefferson est un ex-Président des États-Unis. Il est l'auteur de la Déclaration de l'Indépendance. Fama écoute mais elle ne comprend pas beaucoup. La Mauritanie a une histoire difficile qu'elle ne comprend pas et maintenant elle doit apprendre l'histoire des États-Unis ! Fama préfère la classe d'anglais.

< Fama va en Californie >

C'est là où elle apprend beaucoup d'anglais et où elle a beaucoup d'amis. Ses amis sont des Africains qui habitent en Amérique maintenant. Quelques-uns y habitent depuis beaucoup d'années, mais ils ne parlent pas bien anglais. Dans la classe ils parlent anglais. Ils écrivent en anglais aussi. Le professeur parle très lentement et il explique la définition des mots qu'ils ne connaissent pas. C'est une classe parfaite pour Fama. Fama ne peut pas se concentrer beaucoup dans la classe d'anglais aujourd'hui. Debbie Martin l'inquiète beaucoup. Elle ne la comprend pas. Elle ne sait pas pourquoi elle est si méchante.

Après l'école, elle rentre à la maison en voiture avec Lisa et Diane. Elles parlent de la journée et des classes. Dans la rue près de l'école, elles voient un homme devant une voiture. Il crie. Dans la voiture, il y a une fille. Fama comprend tout de suite la situation et crie à Diane et à Lisa : « Arrêtez ! Il y a une fille qui a des problèmes ! Un homme va voler la voiture de la fille ! L'homme a un revolver ! »

< Chapitre huit >

Il pointe le revolver sur la fille. Diane arrête vite sa voiture. Fama court vers l'autre voiture. Elle voit que la fille dans la voiture est Debbie Martin. Fama crie à l'homme en anglais : « J'ai un téléphone ! Je téléphone à la police ! »

L'homme regarde Fama. Il regarde les deux autres filles dans la voiture. Il ne veut pas de problèmes avec la police, alors il se

sauve. Debbie sort de la voiture. Elle embrasse Fama. Elle lui crie « Merci, merci, merci ! »

Maintenant Debbie est embarrassée parce qu'elle parle toujours mal à Fama. Debbie regrette tout ce qu'elle a dit de mal à Fama.

Elle lui dit :

« Fama, pardonne-moi ! Tu es une personne très gentille et très bonne. Je ne sais pas pourquoi je te parle mal. J'ai des problèmes avec ma famille. J'ai des problèmes à l'école. Généralement, je ne suis pas une personne méchante.

— Ce n'est rien, Debbie, lui répond Fama.

— Merci, Fama, de tout ce que tu as fait aujourd' hui. J'étais en danger. J'ai de la chance d'être encore en vie. L'homme est vraiment mauvais. Tu veux venir chez moi ?

< Chapitre huit >

— Oui, d'accord, mais nous avons besoin de demander la permission à nos parents. »

Diane téléphone et parle à sa mère. Sa mère leur donne la permission. Fama, Diane et Lisa vont chez Debbie. Elles passent la soirée à parler. Fama dit à Debbie qu'elle n'est pas des États-Unis. Elle est Mauritanienne. Elle est une personne de Mauritanie. C'est une soirée fantastique. Fama est très contente. Debbie les invite à une petite fête le vendredi après le match. Elles acceptent son invitation. Les trois filles rentrent à la maison. Elles sont très contentes de leur soirée. Fama arrive à la maison. Elle écrit une lettre à sa famille en Mauritanie.

Chère famille,

Aujourd'hui je n'ai plus de problèmes à l'école, plus de problèmes avec Debbie. Ma vie est parfaite maintenant en Californie. Vendredi, nous allons à une petite fête chez Debbie. Je commence à bien parler anglais. Pas très, très bien, mais

< Fama va en Californie >

je peux parler. J'adore ma famille ici. Mon père Ron me parle toujours beaucoup et me demande des nouvelles de ma journée. Ma mère Susan me parle beaucoup aussi. Ma famille américaine est une famille très unie. Je suis triste parce que je n'ai plus qu'un mois en Californie. Mais je suis contente aussi parce que je vais retourner dans mon pays et je vais revoir ma famille. Je vous aime beaucoup ! Je vous embrasse bien affectueusement,

Fama

< Chapitre neuf >

DES CULTURES DIFFÉRENTES

Le vendredi arrive et Fama et Diane vont à la fête de Debbie. Lisa va au cinéma avec ses amis. Il y a beaucoup d'élèves de l'école à la fête. Debbie a une très belle maison. Il y a une grande piscine. Beaucoup de personnes vont à la fête en maillot de bain. C'est le mois de novembre, mais il ne fait pas froid ici. Dans d'autres régions des États-Unis, il fait froid maintenant, mais à Ventura il ne fait jamais ni chaud ni froid. Fama et Diane entrent dans la maison. Debbie les embrasse sur les deux joues. Elle leur dit :

« Salut, Fama et Diane. Je suis très contente parce que vous êtes toutes les deux ici à ma fête.

— Salut ! Merci de l'invitation. Ta

< Fama va en Californie >

maison me plaît, lui dit Fama.

— Tu es gentille. »

Les trois filles mangent et parlent. Les autres dansent et jouent à des jeux. Fama et Debbie s'asseyent et parlent. Debbie pose des questions à Fama.

« Comment est la Mauritanie ?

— C'est un très beau pays. C'est le désert partout. J'habite près d'un très grand fleuve qui s'appelle le Sénégal, comme le pays. J'ai une famille très unie. J'ai trois sœurs et un frère.

— C'est différent de la Californie ?

— Oui. Il y a beaucoup de différences. La Mauritanie est très pauvre. Beaucoup de personnes pensent que c'est une chose terrible que d'être pauvre. À mon avis, nous avons suffisamment de choses. Mon père ne gagne pas beaucoup d'argent, mais nous

45

avons de la nourriture et nous avons une maison. Nous n'avons pas besoin de plus.

— Je voudrais visiter la Mauritanie. Je voudrais voir ton pays. Je voudrais connaître ta famille, lui dit Debbie.

— Debbie, viens me rendre visite en juin. Il n'y a pas de classes en juin.

— Je voudrais bien y aller. Je vais en parler avec mes parents demain. »

La fête plaît à Fama. Elle aime la nourriture. Elle se baigne aussi dans la piscine pendant quelques minutes. Elle parle avec beaucoup de jeunes à la fête, mais c'est avec Debbie qu'elle préfère parler. Debbie est une fille spéciale maintenant. Diane et Fama rentrent à la maison. Fama écrit une autre lettre à ses parents.

< Fama va en Californie >

Chère famille,

Tout va bien. Je n'ai plus de problèmes maintenant. Debbie Martin est mon amie. A la fête, nous avons beaucoup parlé. Elle voudrait venir me voir en Mauritanie. Elle voudrait passer un mois chez nous. Je suis très contente parce qu'elle va pouvoir voir notre maison et notre beau fleuve. C'est la dernière lettre que je vous écris des États-Unis. Je rentre dans trois semaines et si j'écris une autre lettre, elle ne va pas arriver à temps. Je vais arriver à l'aéroport de Nouakchott le 22 décembre à une heure de l'après-midi. Je vais arriver à Boghé à quatre heures et demie de l'après-midi. Je suis très heureuse parce que je vais voir ma famille. Il me reste très peu de temps en Californie. Je vous aime beaucoup. Je vous embrasse affectueusement.

Fama

< Chapitre dix >

Retourner en Mauritanie

C'est aujourd'hui samedi. Fama se lève à cinq heures du matin. Elle retourne en Mauritanie aujourd'hui. Elle est prête. Sa valise est prête. Fama déjeune avec sa famille pour la dernière fois.

Ron, Susan, Diane et Lisa vont à l'aéroport. Debbie Martin y va aussi. Debbie va rendre visite à Fama en juin. Debbie est très contente parce qu'elle va connaître un autre pays. Tout le monde monte dans l'auto et va à l'aéroport de Los Angeles. Le voyage est un voyage triste. Fama a tant d'amis ici aux États-Unis et tant de bons souvenirs. Ils arrivent à l'aéroport. Ils vont au terminal international. Fama a son billet dans la main. C'est le moment de dire au revoir à tout le monde. Fama leur dit:

« Je ne peux pas exprimer tout ce que j'ai dans mon coeur. Je vais toujours avoir ces expériences dans mon coeur. Je vais toujours avoir mes amis de Californie dans mon coeur. Je vous remercie de tout ce que vous avez fait pour moi.

— Merci, Fama. Tu es une fille sensationnelle, lui dit Ron. C'est un honneur de connaître une fille comme toi. Nous avons appris beaucoup de choses grâce à toi. Nous avons appris beaucoup de leçons grâce à ta gentillesse. Nous savons que tu as une famille très bonne. Tu vas toujours avoir une famille en Californie aussi. »

Diane et Lisa lui parlent jusqu'au dernier moment. Toute la famille embrasse Fama. Debbie l'embrasse aussi. Debbie lui dit :

« Fama, je suis une personne différente maintenant grâce à toi. Je suis très contente. Tu es formidable. Dis donc, dans seulement six mois je vais être en Mauritanie. Je te

< Fama va en Californie >

remercie de toutes les leçons sur la vie que tu m'as données. »

C'est l'heure de monter en avion. Fama pleure parce qu'elle est triste. Elle ne va plus voir sa famille américaine. Elle crie au revoir et entre dans l'avion. Fama trouve sa place et s'assied. Elle pense à son expérience. Elle pense à Debbie Martin. Elle pense à sa famille américaine qu'elle aime beaucoup. Elle pense à ses amis de l'école. Elle sort de ses rêveries quand l'avion atterrit à l'aéroport Charles de Gaulle à Paris. Elle est heureuse de descendre de l'avion pendant quelques heures avant de prendre un autre avion pour la Mauritanie. Elle fait le tour de l'aéroport et est très impressionnée par son architecture moderne. Le temps passe vite. Elle monte dans un autre avion. Elle est fatiguée et s'endort. Fama descend de l'avion, puis elle prend un minibus pour aller à Boghé. Quand elle voit sa famille, elle est super contente. Elle leur crie :

« Salut, ma famille ! » Toute la famille l'embrasse. Fama est contente d'être de nouveau en Mauritanie.

< Chapitre onze >

L'EXPÉRIENCE
EXTRAORDINAIRE

C'est le mois de juin. Fama va chercher Debbie à l'aéroport. Debbie descend de l'avion. Fama est très contente quand elle voit Debbie. Les deux filles s'embrassent sur les joues. Elles vont en taxi au centre de la ville. Une fois arrivées, elles montent dans un minibus de Boghé. Elles s'asseyent dans le minibus et parlent pendant le voyage qui dure trois heures et demie. Debbie lui donne des nouvelles de Californie. Debbie lui donne une lettre spéciale de Diane.

Debbie regarde le paysage. Elle a une attitude positive parce qu'elle connaît Fama. Elle est en Mauritanie pour apprécier toutes les

< Fama va en Californie >

bonnes choses du pays. Le minibus n'est pas très moderne mais ça n'a pas d'importance pour Debbie. Elle est heureuse parce qu'elle est en Mauritanie et qu'elle est avec Fama. Le minibus arrive à Boghé. Debbie voit le Sénégal. Le fleuve est magnifique. L'eau est très jolie. Le désert est très impressionant aussi. Debbie regarde tout avec admiration. Les filles vont chez Fama à pied. Elles marchent pendant vingt minutes. La famille de Fama a

< Chapitre onze >

des animaux. Ils ont deux canards, cinq poules et trois chiens. Les chiens aboient parce qu'ils ne connaissent pas Debbie. Debbie entre dans la maison. Elle serre la main de la mère de Fama et lui dit :

« C'est un grand plaisir de faire votre connaissance. Fama est mon amie. Je l'aime beaucoup. Je l'aime comme ma sœur. »

Debbie embrasse le frère et les sœurs de Fama.

« C'est un grand plaisir d'être ici en Mauritanie. Ça me plaît beaucoup. »

Debbie a un cadeau pour la famille. C'est une assiette décorative avec le mot "Californie". Elle donne l'assiette à la mère. Leyla est très contente du cadeau. Elle dit à Debbie :

« Merci beaucoup, Debbie. C'est une très belle assiette. Tu sais, nous avons l'impression de te connaître. Fama parle toujours de toi. Nous sommes très contents de

< Fama va en Californie >

ta visite. Je le regrette, mais mon mari n'est pas ici maintenant. Il travaille dans la capitale et revient chez nous seulement en fin de semaine. C'est aujourd'hui jeudi, donc il va venir demain soir. »

Maintenant, la mère est dans la cour derrière la maison. Elle est en train de laver les vêtements. Il faut qu'elle lave les vêtements à la main. Debbie compare sa maison à cette maison. Sa maison est comme un palais, mais elle sait que ça n'a pas d'importance. Debbie sait qu'avoir des biens matériels ne rend personne heureux. Il y a beaucoup de personnes aux États-Unis qui ont beaucoup de choses mais qui ne sont pas heureuses. Debbie voit un mode de vie différent. On donne beaucoup d'importance aux gens, pas aux choses, en Mauritanie. Debbie écrit une lettre à sa famille.

< Chapitre onze >

Chère famille,

Je suis ici en Mauritanie. Le désert est très tranquille. Le fleuve est super beau. Tout me plaît ici. La Mauritanie est totalement différente de la Californie. Il y a beaucoup d'Africains en costumes typiques. J'aime les couleurs des vêtements des Africains. Les femmes marchent avec un panier en équilibre sur la tête. Il y a des vêtements ou d'autres choses dans le panier. La famille de Fama est très sympathique. On ne voit pas beaucoup le père parce qu'il travaille à Nouakchott. Nouakchott est une ville très touristique. Il y a beaucoup de garçons qui vendent des tas de choses dans la rue. Ils vendent des chemises, des colliers et bien d'autres objets pour les touristes. La Mauritanie me plaît. Ça va être une bonne expérience. Je vous aime beaucoup.

Debbie

< Chapitre douze >

Au Revoir

Le mois a passé vite. Debbie passe sa dernière journée en Mauritanie. Debbie a beaucoup d'amis en Mauritanie. Ses amis donnent une fête pour elle. Debbie, Fama et ses sœurs vont à la fête. Beaucoup d'amis ont des cadeaux pour Debbie. Debbie est contente des cadeaux, surtout parce qu'elle sait qu'ils n'ont pas beaucoup d'argent pour acheter des cadeaux. C'est une fête sympathique. Debbie est contente de ses amis mauritaniens. Ils écoutent tous de la musique mauritanienne et française. Ils dansent. Ils mangent. C'est une soirée super pour elle. Après la fête Debbie et Fama rentrent à la maison à pied et parlent en marchant.

< Chapitre douze >

< Fama va en Californie >

« Fama, je suis très heureuse d'avoir passé quelque temps en Mauritanie. Ma vie est totalement différente maintenant. J'ai beaucoup d'amis en Mauritanie. J'ai une famille ici en Mauritanie. Je suis triste parce qu'il faut que je retourne dans mon pays.

— Tu es vraiment une bonne amie. Merci, lui répond Fama. Ta visite a passé très vite. Moi aussi, je suis triste parce qu'il faut que tu retournes en Californie. »

Elles arrivent à la maison et s'endorment tout de suite. Elles sont fatiguées. Le matin, elles se réveillent et déjeunent. Fama va à l'aéroport avec Debbie. C'est un long voyage, mais les deux filles parlent beaucoup. À l'aéroport, Debbie pense à la première fois qu'elle a vu Fama. Elle pense à ce qu'elle a dit : « Je n'aime pas les Afro-Américains. » Elle pense à toutes ses aventures avec Fama avec gratitude. Debbie embrasse Fama. Elle lui dit : « Tu sais, Fama, j'aime les Africains, mais j'aime surtout les Mauritaniennes ! »

Debbie monte dans l'avion et part en Californie.

GLOSSAIRE

The words in the vocabulary list are given in the same form (or one of the same forms) that they appear in in the text of Fama va en Californie.

Unless a subject of a verb in the vocabulary list is expressly mentioned, the subject is third-person singular. For example, *aide* is given as only helps. In complete form this would be *(she, he or it)* helps.

a has
  a quinze ans is fifteen years old
  il y a there is, there are
  il y a eu there was
à to, about, in
  à trois heures de three hours from
  s'intéresse à is interested in
aboient (they) bark
acceptent (they) accept
accord: d'accord OK, I agree
achète buys
achètent (they) buy
acheter to buy
adore loves
aéroport airport
affectueusement affectiontely
Africaine African
Africains Africans
Afrique Africa
afro-américaine(s), afro-américain(s) African-American

60

< Fama va en Californie >

âge age

âgé, âgée old

ai (I) have

　j'ai quinze ans I'm 15 years old

aide helps

aider to help

aime likes, (I) love

aînée older

Algérie Algeria

aller to go

allés : sont allés (they) went

allons (we) go, let's go

allons-nous-en let's leave

allons-y let's go

alors so

américain(s), américaine American Amérique America

amie friend

amis friends

an year

anglais English

animaux animals, pets

année year

annonce announces

ans years

août August

appareil machine

　appareils électromé-nagers appliances

appelle calls

　m'appelle (I) am named (I call myself)

　s'appelle is named, is called (calls herself/himself)

apprécient (they) appreciate

apprécier to appreciate

apprend learns

apprendre to learn

après-midi afternoon

appris learned

après after

Arabes Arabs

arachide peanut

arbres trees

argent money

arrête stops

arrêtez stop (command)

arrive arrives, comes

arrivée(s) arrived

　je suis bien arrivée I have arrived safely

　une fois arrivées when they get there

< Glossaire >

arrivent (they) arrive

arriver to arrive

articles items

as (you) have

asseoir : s'asseoir to sit (down)

asseyent : s'asseyent (they) sit (down)

assez enough

assied: s'assied sits down

assiette plate

assister to attend

assoit : s'assoit sits (down)

assortis:ne sont pas assortis don't match

Atlantique Atlantic

atmosphériques atmospheric

attend waits

atterrit lands

au (à + le) to the, at the
  au petit déjeuner for breakfast
  au revoir goodbye
  jouent au football (they) play soccer

aujourd'hui today

aussi also

auteur author

auto car

automatiquement automatically

autour de around

autre(s) other

aux (à + les) to the, in the

avant before

avec with

aventures adventures

avez (you plural) have

avion airplane

avis opinion

avocatier avocado tree

avoir to have

avons (we) have

baigne : se baigne swims, bathes

bain : maillot de bain bathing suit

ballon ball

banque bank

baubou short-sleeved Mauritanian kaftan (robe) (also spelled **boubou**)

beau beautiful

beaucoup a lot

belle pretty, beautiful

Berbères Berbers

< Fama va en Californie >

besoin : ont besoin de (they) need

bien well

biens : biens matériels material goods

bienvenue welcome

billet ticket

bises, bisous kisses (noun)

blanc white

bleue blue

boit drinks

bon good

bonjour hello, good morning

bonne(s) good

bons good

bureau office

c'est (ce + est) it is, she is, he is

  c'est-à-dire in other words, that is

  ce que c'est qu' what is

ça it, that

  ça va it's OK

cadeau gift

cadeaux gifts

canards ducks

capitale capital

car because

cause : à cause de because of

ce that

  ce que c'est qu' what is

cela that

cent hundred

centimètres centimeters

centre center, downtown

certains certain, some

ces these

cet this

cette this

chaînes channels

chaises chairs

chambre bedroom

chameaux camels

chance luck

  j'ai de la chance I'm lucky

changements changes

chante sings

chanté : ont ... chanté (they) sang

chantent (they) sing

chaque each, every

chat cat

chaud hot

chaussures shoes

< Glossaire >

chemise shirt
chemisier blouse
cherche looks for
chercher to pick up
chère dear
chèvres goats
chez to/at the home of
  chez eux to/at their home
  chez lui to/at his home
  chez moi to/at my home
  chez nous to/at our home
chiens dogs
chose thing
cinéma movies
cinq five
cinquante 50
circulation traffic
classe class
coeur heart
collège school
colliers necklaces
comme like
commence starts
commencent (they) start
comment how
compare compares
complètement completely

compliquée complicated
comprend understands
comprendre to understand
comprends (I) understand
comprennent (they) understand
concentrer: se concentrer to concentrate
confiture jam, jelly
connaissance : faire votre connaissance to meet you
connaissent (they) know
connaît knows
connaître to meet, to get to know, to know
conseiller counselor
contente(s), content(s) happy
  contente de faire ta connaissance happy to meet you
contre against
costumes outfits
côte coast
couche : se couche goes to bed
couleur color
cour courtyard
courent (they) run
cours course(s), class(es)

< Fama va en Californie >

courses: font les courses
(they) go shopping

court runs

courte short

coût cost

coutume custom

cravate tie

crie shouts

crié : a crié yelled
ont crié (they) yelled

crient (they) shout

criminels criminals

cuisine kitchen, food

curieusement curiously

d' abbreviation for **de** before
beginning vowel or *h*

d'accord OK, I agree

dans in, to

danse dances

dansent (they) dance

dattiers date trees

de of, than, from, some

debout standing up

décembre December

déjà already

déjeune eats breakfast

déjeunent (they) eat breakfast

déjeuner lunch

(au) petit déjeuner (for)
breakfast

délicieux delicious

demain tomorrow

demande (à) asks

demander (à) to ask

demie half
à sept heures et demie at
7:30

dépend de depends on

depuis for, since

dernier, dernière last

derrière behind

des some, of the, from the

descend de gets off

descendants descendents

descendent (they) get off

descendre de to get off

**destination : à destination
de, en destination de** to

deux two

devant in front of

devrait should

difficile difficult

dîner dinner

dire to say

dis donc wow

< Glossaire >

disent (they) say dit says

dix ten

dois (I) must

doit must

doivent (they) must

donc therefore, so

  dis donc wow

donne gives

données given

donnent (they) give

donner to give

douze 12

du of the, some

  du soir in the evening

dure lasts

eau water

école school

  l'école du soir night
  school

écoute listens

écoutent (they) listen to

écris (I) write

écrit written, writes

écrivent (they) write

effet : en effet in fact

**électroménagers : appareils
électroménagers** appliances

élèvent (they) raise

élèves students

éleveurs breeders

elle she, it

elles they

**embarquement : salle
d'embarquement** departure
  gate

embarrassée embarrassed

embrasse hugs, kisses

embrassent (they) hug, kiss

émotions excitement, emotions

emploi job

en in, by, on, to, of it, about it

  vais en parler (I) am going
  to talk about it

enchanté, enchantée delighted

  **enchanté(e) de faire votre/
ta connaissance** delighted to
  meet you

encore again, stil

  encore une fois once more

encourager to encourage

encourageuse(s) encourager(s)

endorment : s'endorment
(they) fall asleep

endort : s'endort falls asleep

< Fama va en Californie >

enfants children
enfin finally
ensemble together
ensuite next
entre between, among; enters
entrée : est entrée came in, entered
entrent (they) enter
envers towards
environ about, approxima tely
équilibre : en équilibre balanced
équipe team
es (you) are
espoir hope (noun)
est is, east
est-ce que do, does, is, are (introduces a question)
et and
  et ... et both ... and
étais (I) was
état country, state
États-Unis United States
êtes (you all) are
être to be, being
étudiants students

étudier to study
eu had (participle)
  il y a eu there was
eux them
  chez eux to/at their home
évènement event
excitée excited
existe exists
  il existe there is
explique explains
expliquent (they) explain
exprimer to express
extérieur outside (of the home)
fabriquent make
face front
  en face de across from
  fait face à faces (verb)
facile easy
faire to make
  faire votre connaissance to meet you
  passe des heures à faire spends hours making
fait makes, does, done
  fait face à faces (verb) il
  fait froid it's cold (wea-

< Glossaire >

ther)

j'ai fait un bon voyage I had a good trip

tout ce que tu as fait everything you did

famille family

fantastique fantastic

fatiguée(s) tired

faut : il faut que one must

il faut que la famille paie the family must pay

femmes women

fermiers farmers

fête party

feuille leaf

fille girl

fin : fin de semaine week-end(s)

finale final

fleuve river

fois time, occasion

une fois once

font : font les courses (they) go shopping

football soccer

football américain foot ball

jouent au football (they) play soccer

forme forms

formidable great

fort strong, hard, loud

foulard headscarf

four oven

frais fees

français, française French

frère brother

froid, froide cold

il fait froid it's cold (wea-ther)

frontière border

gagne wins, earns

gagné : à gagné won

avons gagné (we) won

gagnent (they) earn

gagner to earn

garçon boy

gare routière bus station

généralement generally

gens people

gentille(s) nice

gentillesse kindness

gentils nice

gouvernement government

grâce à thanks to
grand, grande big
gros big
gymnase gym
habitants inhabitants
habite lives, (I) live
habitent (they) live
habitons (we) live
haricots beans
heure hour, o'clock
  à sept heures et demie at 7:30
  à six heures moins dix at ten minutes to six
  c'est l'heure de it's time to
heureuse(s), heureux happy
histoire history
homme man
honneur honor
hors de outside
huile oil
huit eight
humain human
ici here
idée idea
il he, it
  il y a there is, there are

il y a eu there was
ils they
immeuble building
importance importance
  n'a pas d'importance is not important
impression impression, feeling
impressionant impressive
impressionnée impressed
indigène native, indigenous
inquiète bothers, worries
intéressant, intéressante(s) interesting
intéresse : s'intéresse à is interested in
invite invites
Islamique Islamic
j' abbreviation for je before beginning vowel or h
jamais never
je I
jeudi Thursday
jeune(s) young, kid
jeux games
joie joy
joli, jolie pretty

< Glossaire >

joue plays

  joue au football plays
soccer

jouent (they) play

  jouent au football (they)
play soccer

joues cheeks

joueur player

jour, journée day

juin June

jupes skirts

jusqu'à up to

jusqu'au up to the, until the

l' abbreviation for le or
la before beginning vowel
or *h*

la the, her

là there

lance throws

laquelle which

lave washes

laver to wash

lave-vaisselle dishwasher

le the, it, him

leçons lessons

lendemain next day

lentement slowly

les the, them

lettre letter

leur(s) their, them, to them

lève : se lève gets up

loin far

long long

  le long du along the

lui (to) him, (to) her

  chez lui to/at his home

lycée high school

m' abbreviation for me before
beginning vowel or *h*

ma my

magnifique magnificent

maillot de bain bathing suit

main hand

  à la main by hand

maintenant now

mais but

maison house

mal bad

malheureusement unfortuna-
tely

maman mom

mange eats

mangé : avons mangé (we)
ate

70

< Fama va en Californie >

mangent (they) eat

manger to eat

manguier mango tree

manière way

marchant : en marchant as they walk, while walking

marché market

marchent (they) walk

mari husband

Maroc Morocco

mascotte mascot

match game, match

matériels material

maths math

matières subjects

matin morning

Maures Moors

Mauritanie Mauritania

mauritanienne(s), maurita niens Mauritanian

mauvais, mauvaise mean, bad

me (to, at) me

méchante(s), méchants mean

mellafa multicolored

Mauritanian blouse

même same

menthe mint

merci thank you

mère mother

mes my

met puts

micro-ondes : four à micro- ondes microwave oven

minuit midnight

mode way

moi me

moins less

 à six heures moins dix at ten minutes to six

mois month(s)

mon my

monde world

 tout le monde everyone

 beaucoup de monde a lot of people

monte dans gets on, gets in

montent dans (they) get on

monter en to get on

montre watch

mot word

moutons sheep

multicolore(s) multi-colored

musique music
musulmans Muslims
n' abbreviation for ne
naturelle natural
ne ... pas not, don't, doesn't
neuf nine
neuvième ninth (grade)
ni neither, nor
  ni ... ni neither ... nor
noirs black(s)
nom name
non no
nord north
normalement normally
nos, notre our
nourriture food
nous we, us
nouveau : de nouveau again
nouvelle(s)° new
nouvelles news
novembre November
nuit night
objets objects
obtenir to get, to obtain
occasion chance
occidental, occidentale western

on they, we, one, you (impersonal)
ont (they) have
ordinaire ordinary
ordinateur computer
ou or
où where
ouest west
oui yes
ovale oval
paie pays
paient (they) pay
pain bread
palais palace
pancarte sign
panier basket
pantalon pair of pants
papa dad
par per, by
parce : parce que because
pardonne-moi forgive me
parfaite perfect
parle talks, speaks
parlé : avon parlé (we) talked
parlent (they) speak, talk
parler to talk, to speak

part : à part except for, apart

partent (they) leave

participe participates

partie part

partout everywhere

pas not

  ne ... pas don't, doesn't

passe spends (time), goes by

passé : a passé passed, has
  gone by, spent (time)

heureuse d'avoir passé
  happy to have spent (time)

passée spent (participle)

passent (they) spend (time)

  **elles passent la soirée a
  parler** they spend the eve
  ning talking

passer to spend (time)

pauvre poor

payer to pay

pays country, countries,
  nation(s)

paysage countryside

pendant during, while, for

pense thinks

pensent (they) think

père father

permis allowed (adjective)

personne no one, person

personnes people

petit small

  (au) petit déjeuner (for)
  breakfast

petite small, little

peu little

Peuls Fula people, Fulani

peur fear

  a peur is scared

peut can

peut-être maybe

peuvent (they) can

peux (I, you) can

physique physical

pièce room

pied foot

  à pied on foot

piscine pool

place seat

plage beach

plaisir pleasure

  **plaisir de faire votre con-
  naissance** pleasure to meet
  you

plaît pleases

< Glossaire >

plancher floor
plat dish
pleure cries
pleurer to cry
pleut rains
pluie rain (noun)
  saison des pluies rainy season
plupart majority
plus (de or **que)** more (than)
  je n'ai plus qu'un mois I only have one month left
  la plus âgée the oldest
  la plus jeune the youngest
  ne va plus voir is not going to see again
plusieurs many
pointe points
poisson fish
polie polite
poliment politely
populaire popular
porte door, wears
portent (they) wear
pose asks
poste de télévision television set
poules chickens

pour for, in order to
pourquoi why
poussent (they) grow
pouvoir to be able
  va pouvoir voir is going to be able to see
préfère (I) prefer premier,
première first
prend takes
prendre to take, to have
prennent (they) take
prépare prepares
préparer to prepare
près de near
presque almost
prête ready
principale main
privé, privée private
produits products
professeur teacher
promène : se promène walks
promener : se promener to walk
propre(s) own
publique public
puis then
qu' abbreviation for que before beginning vowel or *h*
quand when

< Fama va en Californie >

quatre four
que that, than, as, which
quelle which
quelque(s) some, a few
quelquefois sometimes
quelques-unes some (of them)
quelques-uns some (of them)
qui who, that, which
quinze fifteen
rarement rarely
reçoivent (they) receive
réfrigérateur refrigerator
regardant looking at
regarde looks at
regarder to look at, to watch
regrette regrets
remercie (I) thank
rencontré met **rend** makes
rendre visite to visit
rentre returns
rentrent (they) go back
repas meal(s)
répond responds
représente represents
république republic
ressemble is similar, resembles
reste is left, remains
 il me reste très peu de

temps I have very little time left
restent (they) stay
rester to stay
retourne returns, (I) return
retourner to return, to go back
retournes (you) return
réveillent : se réveillent (they) wake up
rêveries daydreams
revoir to see again
 au revoir goodbye
rien nothing
rit laughs
riz rice
robe dress
route : à une heure de route one hour away
routière: gare routière bus station
rue street
s' abbreviation for si or se before beginning vowel or *h*
sa her, his
sais (I, you) know
saison season
sait knows
salaire salary
salle room

< Glossaire >

salon living room
salut hi
samedi Saturday
sauf except
sauve: se sauve runs away (saves himself)
savent (they) know
savoir to know
savons (we) know
scolaire academic
se herself, himself, itself, themselves, oneself (reflexive); sometimes expresses passive voice
sèche dry
seize sixteen
semaine week
semblables similar
sensationnelle wonderful, sensational
sept seven
septième seventh (grade)
serre shakes
serrent (they) shake
ses her, his
seul : un seul jour just one day
seulement only
si if, so

simplement simply
située located
slogans cheers, slogans
soeur sister
soir evening
  l'école du soir night school
  le soir in the evening
  six heures du soir 6 p.m.
soirée evening
sommes (we) are
son her, his
sont (they) are
sort comes out, takes out
souvenirs memories
sport sports, athletics
sportives athletic
stade stadium
sucre sugar
sud south
suffisamment enough
suis (I) am
suite : tout de suite right away
super very, great
sur on, at
surprise surprised (adjective)
surtout especially
sympathique(s) nice
ta your

tant de so many

tapis rug

tard late

  plus tard later

tas lots

tchebugin Mauritanian fish and rice dish

te (to, at) you

télé TV

téléphone phone, (I) am calling

temps time

tête head

thé tea

toi you

ton your

totalement totally

toujours always

tour : fait le tour looks around, walks around

touristique(s) touristy

tous all, every

tout all, everything

  tout le monde everyone

  pas du tout not at all

  tout de suite right away

toute(s) all

  toute la famille the whole family

toutes les deux both

train : en train de laver (in the process of) washing

tranquille calm

travail work, job

travaille works

travaillent (they) work

travailler to work

très very

tribu(s) tribe

triste sad

trois three

trouve finds

  se trouve is located

trouvent : se trouvent (they) are located

trouver to find

tu you

typique(s) typical

un, une a, an

unie united, close

utilise uses

utilisée used (adjective)

utiliser to use

va goes, is going (to)

  ça va it's OK

  ça va être it's going to be

  va pouvoir voir is going to be able to see

< Glossaire >

vais (I) go, (I) am going (to)
  vais pouvoir obtenir (I)
  am going to be able to get
  vais en parler (I) am
  going to talk about it
vaisselle dishes
valise suitcase
vallée valley
vas (you) are going, (you)
  will
vendent (they) sell
vendredi Friday
venir to come
verre (drinking) glass
vers toward
vêtements clothes
veut wants
veux (I, you) want
vie life
  en vie alive
viens (I, you) come
vient comes
village village, town, city
 (Boghé has about 70,000 in
  habitants)
ville city, town
vingt 20
  vingt et un 21

vingt-trois 23
  le vingt-trois août August
  23rd
visite visit
  rendre visite to visit
visiter to visit
vit lives
vite fast
voici here is
voient (they) see
voir to see
voit sees
voiture car
vol flight
volent (they) steal
voler to steal
voleurs thieves
vont (they) go
votre your
voudrais (I) would like
voudrait would like
vous you (plural), you (sing.)
voyage trip
vraiment really
vu : a vu saw

< Fama va en Californie >

The Author

Blaine Ray is the creator of the language teaching method known as TPR Storytelling and author of numerous materials for teaching French, Spanish, German and English. He gives workshops on the method throughout the world. All of his books, videos and materials are available at TPRSbooks.com.

The Adapters

Gloria Simpson a passé une année à SaintNazaire, France. Elle enseigne le français depuis 28 ans. Elle habite à Newton, Iowa. Gloria Simpson lived in St. Nazaire, France, for one year. She has been teaching French for 28 years and lives in Newton, Iowa.

The Consultant

Mark Wagner was a Peace Corp volunteer in Africa for several years. He was twice asked back to work with Mauritanian farmers. He is currently a Department of Natural Resources Officer in Newton, Iowa.

The Illustrator

Andrés Ramírez is a graphic designer, passionate about illustration. His style is influenced by the manga and the American comic, and a detailed aesthetic. He has been inclined to the character design and concept art, but wants to get started in 2D animation.

Level 1 novels

Bart veut un chat
Under 70 unique words

The first choose your own adventure style reader is a hilarious story about a character on an adventure to procure a feline. With twists and turns galore students will love the ability to decide Bart's fate.

Jean-Paul et ses bonnes idées

Jean-Paul is an 11-year-old boy who lives in Paris. Poor Jean-Paul has one big problem: school. Fortunately, Jean-Paul has the ability to escape from school in his imagination. Join Jean-Paul and his best friend, Pascale, as they "go" through Paris to a soccer stadium, an art museum, a bakery, and a park.

Jean-Paul et ses bons amis

Having good friends is important to everyone. For Jean-Paul, having good friends is a recipe for disaster. What will Jean-Paul and his good friends do to become famous on YouTube?

Pauvre Anne

Anne is a bit jealous of all the things her friends have and is fed up with all the problems she has with her family. She decides to travel to Belgium for the summer in order to get away from it all. She ends up learning a lot about Belgium, other families, and herself.

Level 2 novels

Ma voiture, à moi

Ben is a teenager that wants a new car for his birthday. He works in Haiti to help rebuild houses after an earthquake so that his parents will buy him a new car. What will Ben learn about life and himself when spends his summer in a new culture?

Vive Le Taureau

Bullfighting is seen as a vicious and cruel spectacle of blood that continues to flourish. Some view it as an honorable contest between a brave matador and a vicious beast. Join Anne as she travels to Arles and experiences bullfighting for the first time. During the event, will she be horrified by the cruelty or mystified by the beauty?

Le voyage perdu

Craig and Buzz from Ohio travel to Martinique on a Caribbean Cruise. The fun quickly ends as they find themselves stranded without any money, resources, or contacts. What will happen when Craig and Buzz get caught in a lie during their trip?

Presque Mort

An engaging story with a bit of romance about a 16-year-old American girl who goes to high school in Brittany for three months. Early in her stay she has an encounter with a boy whose life is in danger and with another one who is mean and nasty. Before she goes home, there is another highly charged incident in which both boys are involved.

The "NEW" Series

Nouvelle école, nouveaux amis, Nouvelles conversations, nouvelles complications and *Nouveau voyage, nouvelle aventure*
are three books in the "New" series.

The "New" series is written for continuing language learners. They incorporate thematic vocabulary, embedded elements, and dialogue. They are also written so that language students can further identify with themes and characters as they continue to grow and develop.

This series can be effectively implemented with a variety of teaching styles, including: traditional, communicative, comprehension-based, thematic, TPRS and others. It is also designed to help facilitate read-alouds, sustained silent readings, and student acting.

Each chapter contains conversational questions for students at the end of the book.

Look, I Can Talk Curriculum Materials

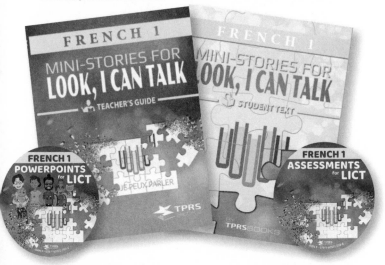

New and improved French level 1 curriculum. Now with comprehensible cultural readings for each chapter based on AP themes, 36 classroom-ready PowerPoints, 18 proficiency-based assessments, a variety of student activities, and step-by-step instructions for teachers.

TPRS® is based on the idea that the brain needs an enormous amount of Comprehensible Input in the language. Make your classes come alive with this collection of over 90 stories that support the oral stories done in class *(found in the Teacher's Guide)*. This updated workbook includes a variety of activities for students, guide words, graphics, and a large font for beginning readers.